AF296604

LES AMOUREUX

DE

MARTON

COMÉDIE EN UN ACTE, EN VERS

PAR

M. LÉON SUPERSAC

Représentée pour la première fois à Paris, sur le Théâtre Impérial de l'Odéon
le 8 janvier 1868

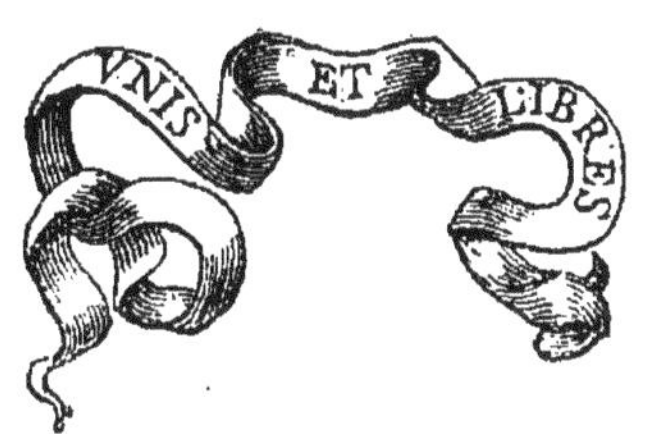

PARIS

LIBRAIRIE DRAMATIQUE

10, RUE DE LA BOURSE, 10

—

1868

PERSONNAGES

—

MAITRE JOSSE...................	MM.	Noel Martin.
BEDOUT...........................		Clerh.
PHILÉAS..........................		Fréville.
OCTAVE..........................		Ferdinand Noé.
UN PETIT CLERC.................		Bienfait.
MARTON..........................	Mmes	Damain.
DORIMÈNE.......................		Lemaire.
ISABELLE		Fassy.

BIBLIOTHÈQUE SPÉCIALE

DE LA

SOCIÉTÉ DES AUTEURS ET COMPOSITEURS DRAMATIQUES

AGENT GÉNÉRAL : LOUIS LACOUR

107. — Paris. — Typ. Morris et Ce, rue Amelot, 64.

LES AMOUREUX DE MARTON

Un petit salon simple, mais d'un aspect gai. Au fond, grande porte et
deux fenêtres ouvrant sur un jardin. Portes à droite et à gauche.

SCÈNE PREMIÈRE

ISABELLE, OCTAVE. *Isabelle est assise auprès d'une
des fenêtres et travaille à une tapisserie.*

OCTAVE, *paraissant à la porte du fond.*

Isabelle...

ISABELLE, *se levant.*

C'est vous?...

OCTAVE..

Je puis entrer ?

ISABELLE.

Sans doute.

OCTAVE.

Vite, alors, apprenez les nouvelles...

ISABELLE.

J'écoute.

OCTAVE.

Devinez... il s'agit de bienheureux apprêts,
Si vous m'aimez autant que je vous aime...

ISABELLE, *souriant.*

Après?

OCTAVE.

Un bon contrat...

ISABELLE.

Le nôtre?

OCTAVE.

En ce moment se dresse,
Et ma mère aujourd'hui vous donne à ma tendresse.

ISABELLE, *rêveuse.*

Votre mère aujourd'hui...

OCTAVE.

Quel ton fâché !

ISABELLE.

Pardon ;
Mais malgré moi j'ai peur... et je pense...

OCTAVE.

A quoi donc?

ISABELLE.

Eh bien ! je vous dirai cette pensée entière...

Votre mère ne voit en moi qu'une héritière,
Et c'est pourquoi je crains, comme un pressentiment,
Un contrat d'aussi près suivant un testament.
Pour moi ce testament pourrait bien être un leurre.
Si par ses volontés, qu'on saura tout à l'heure,
Mon oncle en d'autres mains faisait passer son bien,
Si de tout cet espoir il ne me restait rien,
Verrions-nous pas, Octave, au gré de votre mère,
Notre pauvre contrat redevenir chimère ?

OCTAVE.

Non, ma mère vous aime, on vous l'a déjà dit,
Et vous avez sur elle un surprenant crédit...
Son cœur depuis longtemps vous range en sa famille.
Ne l'entendez-vous pas vous appeler sa fille ?...

ISABELLE.

Il est vrai, si pourtant...

OCTAVE.

Point de si.

ISABELLE.

Mais...

OCTAVE.

Encor !

Isabelle, c'est vous, le cher et doux trésor.
Vous qu'on veut... Rien que vous, la richesse enviée.
Orgueilleuse vraiment, qui faites l'effrayée,
Avec ce pur visage et cet air merveilleux,
Et cette lèvre en fleur et l'éclat de ces yeux.

ISABELLE, *souriant.*

Mensonges d'amoureux, faussetés sans pareilles,
Mais auxquelles toujours se prennent nos oreilles !
Aussi bien, j'y veux croire... au moins par vanité.

OCTAVE.

Seulement ?

ISABELLE.

Eh bien, non, Octave. — En vérité,
Vous m'aimez. — Ce mot-là trop doucement résonne,
Et j'aime cet amour quand même il déraisonne...
Maintenant, si j'ai pu laisser paraître ici
Quelque idée attristante, un chagrinant souci,
C'est que, vous le savez, la fin de la journée
Doit marquer dans ma vie une autre destinée.
Le testament, mon oncle ainsi l'a résolu,
Devant tous ses parents aujourd'hui sera lu.
Or, et quoi qu'il advienne, il faut donc que je quitte
Cette maison, où j'ai couru toute petite,
Ces meubles bien fanés, flétris; mais devenus
Depuis mes yeux d'enfant, de vieux amis connus,

Qui bientôt dispersés par tous ces gens avides,
Partout autour de moi feront des places vides.

OCTAVE.

Mais une autre maison est prête et vous attend;
Verrez-vous celle-là d'un esprit mécontent?

ISABELLE, *souriant.*

Je ne dis pas.

OCTAVE.

Chassez toute idée importune,
N'avons-nous pas pour nous l'amour... et sa fortune?

(*Il lui baise la main.*)

ISABELLE, *vivement.*

Octave...

SCÈNE II

OCTAVE, ISABELLE, DORIMÈNE.

DORIMÈNE.

Ah !... L'on peut voir en entrant, tout d'abord,
Qu'ici dès le matin on est assez d'accord.
Bonjour, mignonne... or ça, venez qu'on vous embrasse.
Fraîche comme un printemps ! un teint...

ISABELLE.

C'est trop, de grâce !

DORIMÈNE.

Point... vous êtes à nous, je me le suis promis.
Le bonhomme Géronte était de mes amis;
De ses projets sur vous j'étais un peu complice,
Et je veux que bientôt son désir s'accomplisse.

ISABELLE.

Mon pauvre oncle !...

DORIMÈNE.

Il voyait d'un regard complaisant,
Octave auprès de vous toujours comme à présent.
Mais il suffit.

OCTAVE, *bas à Isabelle.*

Eh bien, vous entendez ma mère...

DORIMÈNE, *s'asseyant.*

Ne vous faisait-il pas parfois la vie amère ?
Il était fort avare, et l'on sait...

ISABELLE, *vivement.*

Je sais bien
Qu'auprès de lui jamais je n'ai manqué de rien.

DORIMÈNE.

Il vous aimait fort, oui. Cette vie un peu chiche,
Il la menait, d'ailleurs, pour vous rendre plus riche,

Pensant que ses trésors lentement entassés,
Par vos petites mains seraient mieux dépensés.

ISABELLE.

S'il était riche ou non, je l'ignore, madame,
Et je ne l'aimais pas pour cela.

DORIMÈNE, *avec éclat.*

    La belle âme !...
Que je l'embrasse encor !... (*Elle l'embrasse.*)
    Bref, Géronte, entre nous,
Détestait ses parents et n'adorait que vous.
 (*A part.*)
La sournoise ici fait la désintéressée ;
Elle aura tout, c'est clair...

SCÈNE III

DORIMÈNE, OCTAVE, ISABELLE, MARTON.

MARTON; *elle entre en courant et se jette sur un fauteuil.*
    Ouf !... je suis harassée !
J'ai mis tout, au logis, en ordre prestement,
Et l'on peut recevoir messieurs du testament !

DORIMÈNE, *à part.*

Cette fille en sait long. Il est bon de l'entendre.
 (*Haut.*)
J'ai rompu tout à l'heure un entretien fort tendre,
Vous pouvez, chers enfants, le reprendre au jardin.

OCTAVE.

Isabelle, venez... (*Octave et Isabelle sortent.*)

SCÈNE IV

DORIMÈNE, MARTON.

MARTON, *rêveuse.*

  Si, par un coup soudain,
Je me trouvais pourtant quelque peu légataire.

DORIMÈNE.

Toi, Marton ?...

MARTON.

  J'ai rêvé toute la nuit notaire !
C'est un signe cela.

DORIMÈNE.

  D'accord. Mais penses-tu
Que Géronte...

MARTON, *vivement.*

  Il rendait justice à ma vertu !

(*Changeant de ton.*)
Mais je crains fort qu'avec ses façons économes,
Par habitude, il ait lésiné sur les sommes.
                    DORIMÈNE, *souriant.*
Rassure-toi, Marton.
                    MARTON.
                    Et puis je songe aussi
A trois gredins ! madame, et j'en ai du souci.
                    DORIMÈNE, *très-discrètement.*
Ne veux-tu point parler des cousins de Géronte ?
                    MARTON.
Ah ! les gueux ! en ont-ils débité sur mon compte !
                    DORIMÈNE.
Qu'importe ces gens-là ?... Le bonhomme était fin,
Et de leurs faussetés n'était pas dupe...
                    MARTON.
                    Enfin,
Qu'il en fût dupe ou non, je dis, sans flatterie,
Qu'ils savaient joliment choyer sa ladrerie ;
Or Josse, et Philéas, et Bedout... tous les trois,
Ces imbéciles-là n'étaient pas maladroits !
                    DORIMÈNE.
De fieffés intrigants, dont l'impudeur...
                    MARTON, *vivement.*
                    Madame !...
Dites charité pure, et dites bonté d'âme...
Le moyen de sevrer de toute affection
Un bon parent, cachant en cave un million ?...
Et quand Géronte enfin rapporta de voyage
Sa personne si chère et ce joli bagage,
Admirez bien plutôt comme la voix du sang
Au cœur de ses cousins jeta son cri puissant !...
S'ils l'avaient néglié durant sa longue absence,
Ils devaient réparer d'autant leur négligence,
Et Josse le comprit, brave homme !... et le premier
Voulut garder pour lui Géronte tout entier !
« — Cousin, j'ai deux maisons, l'une devient la vôtre.
» N'accepterez-vous pas... oui-da ? — Si fait, » dit l'autre.
Car Géronte aimant peu prodiguer ses deniers,
En toute occasion acceptait volontiers...
Mais voyez comme à tout s'étend la calomnie.
Cette belle action par Bedout fut honnie,
Lequel Bedout comprit qu'il lui fallait lutter,
Et sur le traître Josse à tout prix l'emporter.
« — Pauvre monsieur Géronte, est-ce ainsi qu'on vous loge ?
» — Très-bien, dit le vieillard. Ce bon Josse ! » L'éloge
Frappa Bedout au cœur, au point qu'il eut le goût
De se faire, à son tour, appeler Bon Bedout !

Or, ce marchand drapier trouva, fine pratique,
Ses moyens séducteurs au fond de sa boutique.
Josse hébergeant Géronte, il le voulut vêtir;
Et l'excellent Géronte y daigna consentir !
Restait le Philéas, qui du coup devint blême.
« — Pardieu ! s'écria-t-il, on verra si je l'aime
» Aussi, le cher cousin ! « Et prenant le moment
Où Géronte soupait plus que modestement :
« — Hélas ! voilà, dit-il, un repas lamentable.
» A votre âge, il faudrait mieux soigner votre table.
» On engraisse chez moi des poulets délicats,
» Ne les aimez-vous point? — Peste ! j'en fais grand cas !
» — Prenez-en. — J'en prendrai ! — Vous tâterez encore
» Des fruits de mon jardin? — Les fruits, je les adore !
» — Mais le bon vin surtout fait l'homme réjoui;
» Vous boirez mon meilleur. » L'autre répondit : « Oui ! »
Voilà comme depuis la maison fit bombance,
Puis comme s'éteignit, dans sa douce abondance,
Géronte, grâce aux soins que prodiguaient ici
Bon Josse, bon Bedout, bon Philéas aussi !...
Exemple précieux, montrant comme fourmille
En procédés touchants l'amour de la famille !

DORIMÈNE, la regardant.

Mais, toi-même, Marton...

MARTON, embarrassée.

Oh ! madame, pour moi...

(Vivement.)
Mais tenez, ce sont eux justement que je voi...

DORIMÈNE.

En effet !...

SCÈNE V

MARTON, DORIMÈNE, JOSSE, BEDOUT, PHILÉAS.

BEDOUT, faisant passer Josse.
Passez donc, vous êtes le notaire.

JOSSE, saluant Dorimène.
Madame Dorimène... (A part.)

Ouais, que vient-elle faire ?

DORIMÈNE, saluant.
Messieurs...

PHILÉAS.
Toujours jolie...

DORIMÈNE.

Et vous, léger toujours...

PHILÉAS.
On songe en vous voyant aux premières amours...

BEDOUT, *très-grave.*
Vous dites là, mon cher, des choses déplacées.
DORIMÈNE, *à part.*
Brutal !
BEDOUT, *de même.*
Il faut ici de plus graves pensées...
JOSSE.
En effet, pouvons-nous froidement revenir
Dans la maison où vit encor son souvenir ?
MARTON.
Attendez, vous allez mieux savoir tout à l'heure
Ce qu'au juste valait ce tendre ami qu'on pleure.
JOSSE, *vivement.*
Je le savais !
PHILÉAS.
Et moi !
BEDOUT.
Je l'appréciais bien !
JOSSE.
Se peut-il que la mort brise un si doux lien !
BEDOUT.
Et si vite !
JOSSE.
Un instant : c'était fin de septembre.
BEDOUT.
Je le revois toujours dans ma robe de chambre...
L'œil vif...
PHILÉAS.
Aurait-on cru les regrets si voisins,
Quand le matin encore il croquait mes raisins ?
JOSSE.
Il n'avait qu'un défaut : un excès de prudence
Qui le faisait rebelle à toute confidence...
Ainsi je lui disais, en notaire discret :
De votre argent caché vous perdez l'intérêt.
Je le ferais valoir. Mais lui, toujours le même :
— Il faut se défier surtout des gens qu'on aime,
Répondait-il. Hélas ! il m'aimait trop ; si bien
Que du secret cherché, je n'ai jamais su rien.
PHILÉAS.
Ni moi.
BEDOUT.
Cet homme-là faisait tout en cachette.
Mais vous a-t-il parlé de certaine cassette ?...
JOSSE.
Sans doute...
BEDOUT.
Il ajoutait, et d'un singulier ton :

Vous trouverez la clef aux poches de Marton.

(Ils regardent tous Marton.)

MARTON, vivement.

Mais c'est faux... je n'ai rien.

JOSSE, très-doucement.

Tu te mets en colère

Quand notre intention n'est pas de te déplaire,
Mais de te demander, en langage voilé,
Si par distraction tu n'aurais rien volé.

MARTON, menaçante,

Plaît-il ?

JOSSE, reculant.

Eh! chère enfant, c'est simple conjecture.

DORIMÈNE.

Oui. Mais pardon, monsieur... quand fait-on la lecture?

JOSSE.

Nous attendons ici... midi précisément.
Madame... l'heure va sonner dans un moment;
Mais il nous manque encor la cousine Isabelle.
Or, il est nécessaire...

DORIMÈNE.

Eh bien, donc qu'on l'appelle...

Marton...

MARTON.

Hé! les voilà.

(Rentrent Octave et Isabelle.)

DORIMÈNE.

C'est par trop étourdi, .

On n'attend plus que vous; arrivez donc.

(L'horloge sonne. Mouvement.)

TOUS.

Midi !

SCÈNE VI

JOSSE, BEDOUT, PHILÉAS, DORIMÈNE, MARTON,
OCTAVE, ISABELLE. (Un moment de silence. Chacun
se groupe. Josse au milieu.)

JOSSE.

Puisque notre assemblée est à présent complète...
Pardon, je suis ému. — Marton, ma fille, apprête
Une table ici...

(Marton lui pousse une table devant lui.)

Bien.

(Tirant de son portefeuille un pli dont il fait voir les ca-
chets qu'il rompt.)

Messieurs, voici l'écrit.

TOUS.

Ah !

JOSSE, *lisant.*

« Moi, Géronte, Jean-Christophe, sain d'esprit,
» Reconnaissant envers de bons parents que j'aime,
» Je leur veux indiquer ma volonté suprême...»

TOUS.

Suprême !

JOSSE, *reprenant.*

« Mais d'abord, je joins ici pour eux
» Le détail de l'argent et des objets nombreux
» De ce bagage enfin, qu'à mon retour en France,
» Rapportait avec moi la corvette *Espérance!*

PHILÉAS.

Espérance ! un beau nom.

BEDOUT.

Nombreux, un joli mot.

MARTON.

Allez donc... Ils nous font là croquer le marmot.

JOSSE, *parlé.*

Or, voici le papier et la preuve certaine...
Un reçu des objets signé du capitaine. —
(*Lisant.*) « Moi, etc. etc., commandant la corvette *Espé-*
» *rance,* revenant des Indes, certifie avoir reçu des mains
» du sieur Géronte, lequel j'ai pris à mon bord pour le ra-
» mener dans son pays : — 1° Trois petits barils soigneu-
» sement cerclés en fer, contenant monnaies du pays, lin-
» gots et métaux précieux, et représentant une valeur
» d'environ six cent mille livres; 2° deux cassettes renfer-
» mant pierres fines brutes ou taillées, perles, saphirs et
» diamants, dont ledit sieur Géronte faisait commerce ; —
» 3°Enfin, quatre caisses d'étoffes, objets curieux, etc., le tout
» formant neuf ballots... »

BEDOUT, *sautant de joie.*

Neuf ballots !

PHILÉAS, *de même.*

Neuf ballots !

JOSSE.

Aimable cargaison.

DORIMÈNE.

La chose en vaut la peine.

MARTON.

Il me court un frisson.

JOSSE, *lisant.*

« Je veux songer d'abord à ma chère Isabelle.
» Je connais sa tendresse, et je me la rappelle ;
» Et son bon petit cœur se trouvera content

» De ne rien recevoir que mon argent comptant.
» — Ce sont vingt mille francs, fruit des économies
» Que, grâce à mes parents, j'ai pu voir réunies.
» Le tout aux mains de Josse... Il en doit l'intérêt
» Et les lui remettra dès demain.»

       (*Parlé.*) Je suis prêt,
Mais affligé. — Votre oncle eût pour vous dû mieux faire.

     ISABELLE.

Ah! taisez-vous, monsieur, ce n'est point votre affaire.
Mon oncle est assuré de mon respect pour lui,
Et je vous saurai voir plus heureux, sans ennui.

    BEDOUT, *larmoyant.*

Quel charmant naturel!

     PHILÉAS, *de même.*

      Bon petit cœur de femme!

    DORIMÈNE, *furieuse.*

La voilà bien lotie...

      JOSSE.

       Eh! silence, madame !

   (*Reprenant.*)
« C'est là fort peu d'argent; mais j'ai pu supposer
» Qu'un de mes chers cousins voudrait bien l'épouser. »

    (*Silence ; tous se regardent.*)

    BEDOUT, *vivement.*

Passons...

     ISABELLE.

   Oui, s'il vous plaît...

      OCTAVE.

      Continuez.

    JOSSE, *continuant.*

       « Je pense
» Maintenant, à Marton; et pour sa récompense.»

    MARTON, *radieuse.*

Ah! brave homme!

    JOSSE, *lisant.*

   « Je veux la marier aussi! »

    MARTON.

Voilà tout?

     JOSSE.

   Attendez.

      (*Reprenant*).
      « J'ai toujours eu souci
» D'établir dignement cette modeste fille,
» Et comme aussi je dois songer à ma famille,
» En dépit des brocards et du qu'en dira-t-on,
» A l'un de mes cousins j'entends léguer Marton! »

    MARTON, *avec un cri.*

Moi!

TOUS.

Marton !...

DORIMÈNE.

Le beau legs !...

JOSSE, *continuant.*

« J'abandonne et je cède
» A l'époux de son choix tout ce que je possède ! —
» Celui-là recevra ce soir même un coffret
» Dont j'ai parlé souvent et qui tient mon secret.
» Il y découvrira la place bien exacte
» Où sa dot est cachée, entière, pleine intacte. —
» Mais il faut que d'abord le contrat soit signé,
» Et j'ai pour cet objet d'avance désigné
» Le confrère de Josse, et mon second notaire ;
» C'est lui que du coffret j'ai fait dépositaire,
» Et qui, tout aussitôt ce bienheureux contrat
» Laissera tout ensemble à Marton ! »

BEDOUT, *furieux.*

Scélérat

De Géronte.

PHILÉAS.

Vieux fou !

JOSSE.

Qui l'aurait cru capable ?

PHILÉAS.

C'est infâme !

BEDOUT.

Cruel !

JOSSE.

Honteux !

MARTON, *se relevant tout à coup avec transport.*

C'est admirable !!!

Vive Géronte ! — Oui-dà, c'est donc moi, vraiment moi !
J'hérite ! — J'ai le cœur qui saute ! — Quel émoi !...
Tout, autour de mes yeux ruisselle et tourbillonne,
Je vois courir des feux tout roses... Je rayonne !
Le brave homme ! penser à moi, c'est ravissant,
Incroyable, inouï, fantasque, étourdissant...

(Changeant de ton.)

Eh bien, Marton, holà ! quel transport est le vôtre ?
Tiens, je puis hériter, et j'en vaux bien un autre !
Enfin, j'ai le magot !

(Regardant les trois hommes.)

(Éclatant de rire.) J'en aurai même deux !
Ah ! ah ! ah ! ah ! ah ! ah ! Ils sont vraiment hideux !
Baste ! l'argent est beau ! Va-t-on me faire fête !
D'abord, plus de Marton, et l'affaire en est faite,

2

C'est madame Marton, oui, gros comme le bras.
Je m'en vais étaler partout mes embarras !
Me parer, m'attifer d'étoffes surprenantes...
De corsages à fleurs et de jupes traînantes.
Fi de l'accoutrement misérable et mesquin !
Au diable la cornette ! à bas le casaquin !
Des diamants aux doigts, des perles aux oreilles,
Des bijoux, des colliers, des bagues, des merveilles !
Mille colifichets à remplir la maison.
Tout ce que je rêvais !... Ah ! j'en perds la raison.
J'irais jusqu'à demain et ne sais plus me taire.
Riche ! ! ! — Ma foi tant pis, j'embrasse le notaire !
    (*Elle se jette au cou de Josse et se sauve en courant.*)

SCÈNE VII

LES MÊMES, *moins* MARTON.

DORIMÈNE.

L'effrontée.

JOSSE, *à part.*
Un baiser !...

BEDOUT.
Elle est folle, vraiment !

JOSSE, *à part.*
S'est-elle donc trahie en cet embrassement ?

PHILÉAS.
Nous jeter sans pudeur aux pieds d'une soubrette !

BEDOUT.
Et nous forcer, hélas ! à filer l'amourette !

PHILÉAS.
Jamais !...

BEDOUT.
Jamais !...

JOSSE.
Jamais !

ISABELLE.
Ainsi, je n'ai plus rien,
Octave, vous voyez.

OCTAVE, *vivement.*
Vous avez tout mon bien.
Ma mère, n'est-ce pas ?

DORIMÈNE, *embarrassée.*
C'est fort bien dit sans doute,
Mais il est un souhait qu'il faut que l'on écoute,
Et, selon moi, Géronte étant de bon avis,

Ses conseils, avant tout, doivent être suivis.
    (Montrant les trois hommes.)
Ils sont riches tous trois bien plus que nous ne sommes.
Faites, en l'épousant, acte de gentilshommes,
Messieurs. C'est payer peu d'aussi rares attraits.
      JOSSE, *prenant son parti très-vivement.*
Faut-il donc condamner cette enfant aux regrets —
Je ne m'abuse pas, et sais comme l'étude,
Les tracas, les soucis, l'ennui, l'inquiétude,
L'âge enfin, sur mon être ont pesé lourdement,
Madame, et je n'ai plus l'étoffe d'un amant. —
Mais Bedout...
      BEDOUT, *très-contrarié.*
    J'ai connu l'état de mariage ;
Une seconde épreuve est fâcheuse à mon âge.
Philéas, il est vrai...
      JOSSE.
    Je l'avais réservé
Fort agréable encore... et si bien conservé !...
      BEDOUT.
A merveille ! Teint frais, œil brillant.
      JOSSE.
        Fait à peindre ...
Et celle qui l'aura ne sera pas à plaindre.
      PHILÉAS, *souriant.*
Je ne conteste pas mes quelques agréments...
Mais que j'en ai connu des désenchantements !
    (A Isabelle.)
Et je regarderais comme un meurtre, madame,
De glacer vos printemps aux hivers de mon âme.
      ISABELLE.
Mes souhaits sont comblés, messieurs, sans compliments. —
Veuillez en recevoir tous mes remercîments.
Faire accepter ma main n'est pas si difficile,
Et... *(Regardant Octave.)*
      OCTAVE, *souriant.*
  Me la donnez-vous ? *(Isabelle lui donne la main.)*
    DORIMÈNE, *tirant légèrement Octave ; bas.*
      Tenez-vous donc tranquille.
      OCTAVE, *vivemeut.*
Mais pourtant...
      DORIMÈNE.
  Taisez-vous.
      ISABELLE.
    Madame...
    (Éclatant en sanglots.)
      Ah ! je comprends !...
J'avais votre parole, hélas ! Je vous la rends.

OCTAVE.

Jamais!... Séchez vos yeux !

ISABELLE, *à Doriméne*.

Pardonnez si je pleure,
Hélas! je me croyais heureuse tout à l'heure,
Mais au triste regard que vous m'avez jeté,
Je sens mon cœur se fondre et tomber ma fierté. —
Je ne m'étonne point... c'est la règle commune
Qui change nos attraits avec notre fortune,
Et qui nous met soudain... triste et cruel affront !
Le mot de pauvreté comme une tache au front ! —
Quand l'argent disparaît, la fille n'est plus belle,
Je le vois bien...

(*Pleurant.*)

Adieu, cher Octave !

(*Elle sort précipitamment.*)

OCTAVE.

Isabelle !

(*Il échappe à sa mère et sort rapidement après elle.*)

SCÈNE VIII

DORIMÈNE, JOSSE, BEDOUT, PHILÉAS.

DORIMÈNE.

Le petit sot !

JOSSE, *très-attendri.*

Madame, il vous faut les unir...
Contre ce bel élan, vous ne pouvez tenir,
Et je crois...

DORIMÈNE.

Vos conseils ne sont pas nécessaires.

PHILÉAS.

Pour ma part...

DORIMÈNE.

Mêlez-vous, monsieur, de vos affaires.

JOSSE.

Pauvre Isabelle !

DORIMÈNE, *les regardant en face.*

Ici que ne l'épouse-t-on?...

JOSSE.

Octave l'adore... et...

DORIMÈNE, *avec force.*

Vous adorez Marton !
Voilà tout le secret, ou je meure !

TOUS.

Oh! madame!

DORIMÈNE.

Ses attraits tout nouveaux méritent qu'on s'enflamme.

JOSSE.

Je ne répondrai pas...
(*Montrant Philéas.*)
Si monsieur, cependant...

PHILÉAS, *même jeu.*

Si monsieur...

BEDOUT, *même jeu.*

Si monsieur...

JOSSE.

Si d'un amour ardent
Pour ce petit torchon vous brûlez...

PHILÉAS.

On devine
Que vous allez flamber au feu de sa cuisine...

JOSSE.

Monsieur...

PHILÉAS.

Monsieur...

JOSSE.

Je pars... et vous cède le pas.

BEDOUT, *à part.*

S'ils pouvaient s'en aller et ne revenir pas!

PHILÉAS, *à Josse, à la porte.*

Passez...
(*A part.*)
Je vois ton jeu!

JOSSE, *à part.*

Je ne suis pas ta dupe.

BEDOUT, *à part.*

Marton va les avoir cousus après sa jupe.
Que faire?...

JOSSE.

Or çà, Bedout, vous venez avec nous?

BEDOUT.

Certes... mais après vous.

PHILÉAS.

Après vous.

JOSSE, *les poussant dehors.*

Après vous.
(*Ils sortent.*)

2.

SCÈNE IX

DORIMÈNE, *puis* MARTON.

DORIMÈNE.

Ils n'iront pas bien loin.
    (*Rêveuse.*)   Aussi quelle aventure!
Une somme pareille à cette créature,
Cette Marton!... Mais c'est un rêve, un conte en l'air ;
Enfin, la chose est sûre, elle hérite... c'est clair.
Quelle honte!...
         MARTON, *entrant sans la voir.*
         Ma tête est tout émerveillée,
Il me prend des frayeurs d'être mal éveillée.
J'en suis à me pincer les bras jusques au sang,
Pour voir si ce n'est point un songe ravissant.
    (*Elle se pince, jetant un cri.*)
Aïe!... eh bien, non... c'est vrai, je ne dors pas.
        DORIMÈNE, *à part.*
                       J'enrage,
Détestable Géronte... en voyant ton ouvrage.
        MARTON, *à part.*
Qui rumine par là?
      (*Tournant la tête.*)
        Dorimène... quels yeux !
    (*Haut.*)
Vous avez l'air chagrin et le front soucieux,
Madame.
        DORIMÈNE.
      C'est de voir que Marton, toute fière,
Étale insolemment sa face d'héritière.
        MARTON.
Si votre face à vous en pouvait dire autant,
Vous sauriez l'étaler d'un cœur assez content.
        DORIMÈNE, *furieuse.*
Moi!
        MARTON.
    Ne vous fâchez point; mais c'est une faiblesse
De si vite montrer juste où le bât vous blesse.
Ne me jetez donc pas au nez votre mépris,
Avec vos yeux de chatte en quête de souris.
        DORIMÈNE.
Insolente...
        MARTON.
    D'accord.
        DORIMÈNE.
    Peste!... je me retire;

Car je dirais des mots que je ne veux pas dire.

MARTON.

Bonsoir. *(Doriméne sort.)*

SCÈNE X

MARTON seule, elle rit.

Ah! ah! ah! ah! vieille folle. Ma foi!
J'en suis débarrassée et me voilà chez moi.
Chez moi, que c'est joli ce mot-là!

(Se renversant sur une chaise.)
Plus à l'aise
Il semble qu'on s'étend quand on dit: C'est ma chaise.

(Elle se lève et va toucher tous les meubles.)
Ma table!... mon fauteuil!... Bonjour, buffet charmant!
Tout ce que l'on possède est beau comme un amant.

(Changeant de ton, un peu inquiète.)
Oui, mais jusqu'à présent je ne vois pas paraître
Celui-là qui sera mon seigneur et mon maître.
Il me le faut pourtant, au moins un!

(Elle va vers la porte et part d'un grand éclat de rire.)
Tiens, tiens tiens!

(Elle se retire au fond dans un coin du théâtre.)

SCÈNE XI

MARTON, JOSSE, BEDOUT, PHILÉAS.

JOSSE, paraissant à la porte du fond.

Tant pis, c'est moi!

PHILÉAS, à la porte de gauche.

Ma foi, me voilà!

BEDOUT, à la porte de droite.

Je reviens.

(Ils se trouvent tous les trois nez à nez.)

JOSSE.

Philéas!

PHILÉAS.

Bedout!

BEDOUT.

Josse!

MARTON, riant.

Ah! ah! ah!

JOSSE, à Philéas.

Quelle affaire

Vous ramène en ce lieu?

PHILÉAS.

Mais qu'y venez-vous faire?

JOSSE.

La maison est à moi, je puis donc y rentrer.

PHILÉAS.

Alors, c'est le plaisir de vous y rencontrer.

TOUS DEUX.

Mais Bedout?

BEDOUT.

J'ai, je crois, oublié quelque chose...

MARTON, *se montrant.*

Ne cherchez pas!

TOUS.

Marton!

MARTON.

Ou plutôt, je suppose,
Vous cherchez tous les trois... je suis l'objet cherché.
Mais on ne m'aura pas, messieurs, à bon marché.
Pour choisir entre vous, s'il faut que je le dise,
Il est une raison qui me laisse indécise :
Vous n'offrez pas tous trois la moitié d'un attrait,
Et le choix est pour moi d'un trop mince intérêt.
A vous de m'obtenir. Eh bien! messieurs, en lutte!
Je suis fière à présent et veux qu'on me dispute.
Si vous voulez trouver des yeux compatissants,
Égorgez-vous un peu tous les trois, j'y consens.
Tout au moins inventez, pour me pouvoir séduire,
De merveilleux efforts qui me sachent réduire.
Et montrez-moi, pour prix de vos nobles travaux,
Un vainqueur couronné par ses propres rivaux. —
    (*Éclatant de rire.*)
Ah! ah! ah!... Je vous tiens donc enfin! Vite, en course!
Voilà le but. C'est moi, Marton... je tiens la bourse. —
Soyez souples, de blanc frottez vos escarpins;
Au plus léger le prix. Allons, sautez, Scapins!   (*Elle sort.*)

SCÈNE XII

JOSSE, BEDOUT, PHILÉAS, *un moment de silence.*
Ils se regardent tous les trois.

JOSSE.

La langue bien pendue!...

BEDOUT.

Et franche...

PHILÉAS.

Originale.

JOSSE.

Une fraîcheur de mots tout à fait virginale.
Mais c'est qu'elle a tout l'air de nous croire assez fous...

BEDOUT, *riant.*

Elle le croit vraiment.

PHILÉAS, *de même.*

Elle le croit...
(*Très-sérieux.*)
Et vous ?

JOSSE.

Je suis de votre avis. — Mais quittons la grimace,
Et tâchons d'aborder la question en face. —
Avant tout, nous voulons, et ce n'est pas suspect,
Pour notre pauvre ami prouver notre respect,
Nous sommes ramenés par le vœu de Géronte...

PHILÉAS.

Vœu méconnu d'abord par une fausse honte

BEDOUT.

Un sentiment mauvais...

JOSSE.

Qu'il nous fallait bannir.

PHILÉAS.

Et sur lequel enfin nous devions revenir.

JOSSE.

Bien dit...

BEDOUT.

Parfaitement ! Vous rendez ma pensée.

JOSSE.

La médisance, hélas ! sur nous s'est exercée.
Pour notre obéissance elle aura d'autres mots...

BEDOUT.

Bah ! des cris d'envieux.

PHILÉAS.

Laissons japper les sots.
Si les grands sentiments redoutaient le vulgaire,
Ils périraient dans l'œuf et n'aboutiraient guère.

JOSSE.

Il faut prendre d'ailleurs, la chose comme elle est.
Examinons d'abord si la fille nous plaît...
Vous déplaît-elle ?

PHILÉAS, *vivement.*

Non !

BEDOUT.

Elle est intéressante.

Pauvre petite !

PHILÉAS.
Et puis de mine fort plaisante.
Proprette, toujours gaie.

BEDOUT.
Elle a de belles dents!

JOSSE.
Des yeux! — Avez-vous vu ses yeux ?

PHILÉAS.
Des feux ardents...
Une taille...

JOSSE.
Un roseau, monsieur...

BEDOUT.
La main mignonne,
Je ne sais quoi de doux là-dessus qui rayonne
Et qui vous charme au point...

JOSSE, *sévèrement*.
Arrêtez-vous, Bedout...
(*Très-sérieux.*)
Eh bien, ses qualités passent par dessus-tout.

PHILÉAS *et* BEDOUT.
C'est vrai!

JOSSE.
Nous épousons alors ?

BEDOUT.
Eh! Pas si vite!
Nous... c'est bien... mais lequel ?

JOSSE.
Procédons tout de suite.—
Nous commençons d'abord par écarter Bedout...

BEDOUT, *vivement*.
M'écarter !

PHILÉAS.
J'y consens...

BEDOUT.
Mais pas moi...

JOSSE.
Votre goût
Pour un second hymen, vous l'avez fait connaître,
Est tout à fait passé, mon cher...

BEDOUT.
Il peut renaître.

JOSSE, *discrètement*.
Le premier, cependant, fut fécond en douleurs,
Et vous en avez vu de beaucoup de couleurs.

BEDOUT, *furieux*.
Monsieur! ces choses-là ne sont point votre affaire,
C'est à moi de savoir ce qu'il convient de faire !

PHILÉAS.

Laissons-le. — Quant à moi, si j'ose...

JOSSE.

En vérité,
Vous ne sauriez offrir ce cœur désenchanté.
Vous avez là-dessus dit d'excellentes choses,
Et l'on parlerait mal de vos métamorphoses.

PHILÉAS.

Tout à l'heure, monsieur, vous étiez bien cassé,
Bien vieux, bien fatigué.

JOSSE, *se redressant.*

Je me sens délassé. —

PHILÉAS.

Mon cœur a refleuri. — Pour Bedout, qu'il s'abstienne.

BEDOUT.

Jamais! jamais! Marton mérite qu'on y tienne!
Je lutterai, messieurs.

JOSSE.

Luttez, si vous pouvez,
Nous nous sommes, je crois, sur ce point éprouvés;
Nous nous obstinons.

BEDOUT.

Oui.

PHILÉAS.

La chose est décidée.

JOSSE.

Alors, pour en finir, il n'est plus qu'une idée,
C'est d'obéir, messieurs, à la voix du destin.
(Il se met à une table et écrit rapidement.)

BEDOUT *et* PHILÉAS.

Mais le moyen ?

JOSSE.

Bien simple... Un triple bulletin.
Nos trois noms que voici, dans un chapeau...
(Prenant le chapeau de Bedout.)
Le vôtre...

Et le premier sorti...

PHILÉAS.

L'idée en vaut une autre ;

BEDOUT.

C'est bien audacieux.

JOSSE.

Il tremble.

BEDOUT.

Aucunement.

J'accepte.

PHILÉAS,

Je consens.

JOSSE, *présentant le chapeau à Bedout.*
Prenez élégamment.
BEDOUT, *après plusieurs hésitations, il tire enfin un*
bulletin et le déplie ; d'une voix étranglée.
Josse !

JOSSE.
Vraiment ?
(*Il veut reprendre le chapeau, mais Philéas le lui enlève.*)
PHILÉAS.
Pardon....
(*Prenant le deuxième bulletin et le lisant.*)
Josse encor...
BEDOUT, *même jeu ; troisième bulletin.*
Toujours Josse
PHILÉAS.
Tudieu ! comme il nous veut faire aller à sa noce !
JOSSE.
C'est étrange !... J'avais l'esprit je ne sais où.
Messieurs, je suis... je suis...
BEDOUT.
Vous êtes un filou !

SCÈNE XIII

JOSSE, PHILÉAS, BEDOUT, MARTON.

MARTON, *paraissant.*
Filou !... qui ça ?...
TOUS.
Marton !
PHILÉAS, *désignant Josse.*
Pour tenter les épreuves,
Monsieur vient de trouver des combinaisons neuves.
MARTON.
Monsieur Josse !
JOSSE.
Non pas... Ce Bedout n'entend rien ;
C'est un cuistre...
BEDOUT.
Bandit !
JOSSE.
La buse !
BEDOUT.
Quel vaurien !
MARTON.
Eh ! messieurs, laissez-moi mes illusions. — Certe,
J'espérais faire en vous quelque autre découverte.

JOSSE.

Tu la feras, Marton... Ils ne comprennent pas
Quel trouble involontaire ont causé tes appas.

MARTON.

C'était pour moi ?

JOSSE.

Pour toi !

BEDOUT.

Mais il est bon à pendre !

MARTON.

En savez-vous plus long? Tâchez de me l'apprendre.

BEDOUT.

Marton, il faut choisir... Regarde-nous !

MARTON.

Hélas !
C'est qu'il faudrait plutôt ne vous regarder pas !

JOSSE.

Méchante !

PHILÉAS.

Que d'esprit!... Elle a tout en partage.

BEDOUT, *s'approchant de Marton.*

La beauté pour un homme est un mince avantage,
Même un danger, petite!... et les trop beaux maris
A courir au dehors sont les premiers surpris.

MARTON.

Les plus vilains surtout. La raison n'est pas bonne.

BEDOUT.

Moi je ne courrai point!... Je le jure, ô pouponne !
Ma maison sera tienne... Une bonne maison,
Où tu sauras trouver des nippes à foison.
Beaucoup d'argenterie et des piles complètes
De bon linge très-fin, fruit d'anciennes emplettes,
Le tout en bon état, n'ayant jamais servi !...

MARTON.

Eh! c'est un avantage à n'en pas faire fi !

PHILÉAS, *vivement.*

Y penses-tu, Marton?.. Laisse là ces défroques
Et ces chiffons venant de sources équivoques.
Cet homme de l'usure est le portrait hideux !...
Mais il te prêterait toi-même... au denier deux !...

MARTON.

Hein ?

BEDOUT.

C'est un imposteur !

PHILÉAS.

Moi, du moins, je sais vivre !

Des griffes d'un Bedout, souffre qu'on te délivre.
Au rang qui te convient je prétends te hausser !
Sans contrainte et sans frein tu pourras dépenser ;
Dissipe à pleines mains mon bien et le gaspille ;
C'est mon vœu le plus cher. — Voilà ton lot, ma fille.

BEDOUT.

Que d'un pinceau menteur il sait se colorer !
Il est avare au fond...

JOSSE, *à part.*

Laissons-les s'enferrer.

BEDOUT.

De plus!... un débauché dont on sait vingt histoires.

PHILÉAS.

Les vertus de monsieur ne sont pas moins notoires.

BEDOUT.

Qui n'a pas pu trouver de femme en ce canton !...

PHILÉAS.

Il adorait la sienne à grands coups de bâton !

BEDOUT.

Il ne tient guère à toi, mais ton argent l'attire.

PHILÉAS.

Monsieur, vous me volez, et j'allais vous le dire.

JOSSE.

A la bonne heure, au moins ils parlent sans détour,
Continuez, messieurs !

MARTON.

Non ; c'est à votre tour.

JOSSE.

J'y renonce...

TOUS.

Comment ?

MARTON.

Mais c'est très-malhonnête...

JOSSE, *bas.*

Eloigne-les, Marton, j'implore un tête-à-tête.

MARTON.

Ah ! bah !

BEDOUT.

Que dit-il ?

MARTON.

Rien !

BEDOUT.

Est-ce à moi d'espérer ?

PHILÉAS.

Sans fatuité, je crois qu'on me peut préférer...

Un mot, Marton, un seul qui les sache confondre.
MARTON.
Si vous croyez qu'il est facile de répondre.
BEDOUT.
Mais un espoir au moins...
MARTON.
Ah! vous m'étourdissez.
On va songer à vous, bonnes gens... Repassez...
PHILÉAS, *à part.*
La pécore... ce ton!
BEDOUT, *à part.*
Elle fait la princesse!
MARTON, *les regardant.*
Eh bien?...
PHILÉAS.
Oui, mon bijou.
BEDOUT.
J'obéis, ma déesse.
J'attends ici...   (*Il entre dans le cabinet de droite.*)
PHILÉAS.
Moi, là!... (*Il entre dans le cabinet à gauche.*
MARTON.
Soit... mais retirez-vous.
BEDOUT, *rouvrant la porte.*
C'est un vaurien, tu sais...
PHILÉAS, *même jeu,*
Prends garde au grippe-sous.
(*Ils disparaissent.*)

SCÈNE XIV

JOSSE, MARTON.
JOSSE, *enfermant Philéas. A part.*
En cage, cet oiseau.
(*Enfermant Bedout.*)
L'autre aussi, je l'enferme.
Maintenant, à nous deux.
MARTON, *à part.*
Qu'a-t-il?
JOSSE, *à part.*
Attaquons ferme!
(*Haut, s'avançant vers Marton, d'un ton pénétré.*)
Que j'ai souffert, Marton, durant cet entretien...
Et qu'ils connaissent mal un cœur comme le tien!

MARTON.

Mon cœur?... Ma foi! pour lui la tendresse est nouvelle...
Quelle subite ardeur vous monte à la cervelle?

JOSSE.

Amour m'a su réduire, et le perfide archer
M'a transpercé d'un trait qui ne peut s'arracher.

MARTON, *riant.*

Pauvre homme!... à ce point-là!

JOSSE.

Tu ris! tu ris, ingrate!

MARTON.

Vous avez l'air d'un chien qui va donner la patte...
Parlons raison.

JOSSE, *se remettant vivement.*

D'accord... point de mots superflus...
Raisonnons.

MARTON, *le regardant.*

Mais alors... vous ne m'aimez donc plus?

JOSSE, *interdit. A part.*

Quelle langue!

MARTON.

Vos feux se sont éteints!

JOSSE, *vivement.*

Je brûle.

(*Changeant de ton, très-posé.*)
Tu me veux calme et froid, Marton... je dissimule,
Et puis... sans te jeter ici la poudre aux yeux,
Dans un débat naïf tu m'apprécieras mieux.

MARTON.

De ces agréments-là faisons donc l'inventaire!

JOSSE, *avec une grande dignité.*

Sais-tu bien ce que c'est, la femme d'un notaire?

MARTON.

Ma foi, non!

JOSSE.

Suis-moi donc avec tes yeux hardis.
Ensemble contemplons ce petit paradis.
(*Modestement.*)
Le notaire, c'est moi!..

MARTON, *hochant la tête.*

Si la suite est pareille...

JOSSE.

Mon Dieu! je ne dis pas qu'on crie à la merveille
En me voyant; non, non... Mais il faut comparer
Et nous laisser le temps de nous faire adorer.

MARTON.

Je le veux bien : comment?

JOSSE, *se désignant.*
                    Prenons Josse en exemple.
Pour la première fois, à peine on le contemple :
Vilain Josse! dit-on. Mais, si le lendemain
On le regarde mieux, Josse n'est plus vilain.
Son œil a de la flamme, à plaire il s'évertue ;
A le voir par degrés sans peine on s'habitue.
Josse devient gentil... Puis d'un soudain éclair
L'amoureuse aussitôt dans son âme voit clair.
Ah! le beau Josse alors!

MARTON.
Oui-da.

JOSSE.
                    Je te le gage,
Tu me tiendras bientôt cet aimable langage.

MARTON.
Croyez-vous?

JOSSE.
          J'en suis sûr. Oui tu m'adoreras,
Friponne. Mais d'abord, vois comme tu vivras.

MARTON.
Eh! je n'ai pas dit oui.

JOSSE.
          Je tiens la chose faite.
C'est toi madame Josse, et mon cœur est en fête.
Tourne pour un instant les pages du roman.
Te voilà mon amante et je suis ton amant...
A mon bras, là déjà, je te vois toute fière
De ton luxe insolent poignarder la greffière ;
La baillive et l'élue à tes ajustements
Lanceront des regards qui peindront leurs tourments.
Le désir enflammé, la jalousie ardente
S'en iront dévorer jusqu'à la présidente!
Quel spectacle, Marton! et n'est-ce point assez
Pour te venger cent fois de leurs dédains passés?
Quand tu contempleras, rayonnante et ravie,
Toutes ces femmes-là qui crèveront d'envie!...

MARTON, *battant des mains.*
Je les vois, je les vois; bravo, c'est bien cela...
Toutes, rongeant leur frein, devant moi, les voilà!
Ce que c'est que Marton... on saura vous l'apprendre,
Bégueules!!!...

JOSSE, *à part.*
          J'ai trouvé le moyen de la prendre.
(*Haut, très-doucement.*)
Et puis, je ne suis pas de ces tristes barbons,
Défiants, soupçonneux, accrochés aux jupons
De leur femme, enfermant les pauvres épousées,

Et se grattant le front, les voyant courtisées.

MARTON.

A la bonne heure!

JOSSE.

Non! ma femme a des appas,
Je veux en être fier, et ne m'en fâcher pas;
Le grand mal après tout, qu'autour d'elle on muguette!
La plus sage n'est pas toujours la moins coquette.

MARTON.

Bien dit!

JOSSE, *avec entraînement.*

N'en doute plus, je t'étais destiné...
C'est pour toi seule enfin que je dois être né.
De l'amour si jamais je n'ai connu la chaîne,
Le sort me réservait ton union prochaine,
Et j'aperçois déjà, quand ainsi nous restons,
Deux jolis petits cœurs enroulés de festons!

MARTON.

Petit fripon!

JOSSE.

Bel astre!

MARTON.

O serpent!

JOSSE.

Mon étoile!...
Un horizon tout bleu devant moi se dévoile;
Je nous vois en ménage. O tableau ravissant!
Admire cet époux, près de toi s'empressant;
Et puis dans le lointain, comme un espoir qui brille,
Comme un peuple d'amours, cet essaim qui fourmille...
Ce sont les petits Josse...

MARTON.

Ils sont jolis, vraiment...

JOSSE.

Ton vrai portrait!

MARTON.

Le vôtre...

JOSSE.

Avec ton front charmant.

MARTON.

Votre air noble...

JOSSE.

Ton nez d'une courbe friponne...
Et ce sont bien les fils de Cypris en personne!

MARTON.

Je sens que je faiblis...

JOSSE, *à ses pieds.*

Je tombe à tes genoux.

De ta lèvre, Marton, j'attends l'aveu si doux...
Ménage, amour, enfants, c'est le divin poëme...

MARTON.

Poëte de famille, ô notaire... je t'aime!

SCÈNE XV

Les Mêmes, DORIMÈNE, *entrant brusquement,*
puis PHILÉAS, *puis* BEDOUT.

DORIMÈNE.

Quel scandale... à ses pieds !

MARTON.

Vous pouvez approcher
Sans que votre pudeur ait à s'effaroucher.
J'ai choisi malgré vous, n'en soyez pas jalouse,
Et voilà mon époux, madame...

JOSSE, *présentant Marton.*

Mon épouse.

DORIMÈNE, *accablée.*

Il hérite!...

BEDOUT, *frappant à la porte.*

Marton!...

MARTON.

Qui frappe là?

PHILÉAS, *même jeu.*

Marton!

Va-t-on nous délivrer?

BEDOUT.

Et nous ouvrira-t-on?

JOSSE, *ouvrant la porte à Bedout.*

Entrez donc!

MARTON, *de même à Philéas.*

Entrez donc!

JOSSE.

Je suis d'humeur distraite.
J'avais tourné la clef, messieurs, je le regrette;
Mais n'étant pas tous deux gens à ressentiments,
A moi, comme à madame, offrez vos compliments.

PHILÉAS.

Des compliments...

BEDOUT.

Lesquels?

JOSSE.

Malgré toute apparence,
Madame m'a daigné donner la préférence,
Et nous allons signer le contrat de ce pas.

PHILÉAS, *désespéré.*

Le contrat!... ah! Bedout...

BEDOUT, *de même.*
Ah! pauvre Philéas.
JOSSE, *s'arrêtant sur le seuil.*
Mais, qui vient?...

SCÈNE XVI

LES MÊMES, ISABELLE, OCTAVE, UN PETIT
CLERC, *tenant sous un bras une cassette, sous l'autre
un grand portefeuille.*

ISABELLE, *introduisant le Clerc.*
Les voilà tous, monsieur.
LE CLERC, *à Josse.*
Mon cher maître,
Prenant de mon patron, si vous daignez permettre,
La place en ce moment... car il est empêché
Et m'a, pour vous servir, en ces lieux dépêché,
Je viens de ce contrat vous donner la lecture,
Et des futurs conjoints chercher la signature.
JOSSE.
Cher confrère, qu'a-t-il? et quelle extrémité
L'empêche...
LE CLERC.
Le souci de sa postérité.
JOSSE.
Comment?... et quel souci?
LE CLERC.
Madame est, on l'espère,
Occupée à donner un garçon à son père,...
JOSSE.
Ah! tant mieux...
LE CLERC.
Oui, monsieur... Et le pauvre mari
Attend l'événement d'un œil tout attendri,
Si bien...
JOSSE.
Cela suffit... D'ailleurs, l'affaire est faite...
Et chacun va signer d'une âme satisfaite...
Voyons l'écrit...
LE CLERC, *lui donnant le contrat.*
Prenez...
(*Apercevant Marton, lui prenant le menton.*)
Ah! tiens. Bonjour, Marton.
JOSSE, *l'arrêtant vivement.*
Monsieur... s'il vous plaisait laisser là son menton...
LE CLERC.
Pardonnez. On devine à cette humeur féroce
L'époux qui va signer de son nom : maître Josse.

(A Marton lui indiquant où elle doit signer.)
Madame, s'il vous plaît, mettre ton nom ici !
> *(Il lui retrousse le nez avec la barbe de la plume.*
> *Mouvement de Josse.)*

MARTON, *tenant la plume.*

J'ai peur.

BEDOUT, *suppliant.*

Marton !...

PHILÉAS, *de même.*

Marton !...

MARTON, *avec résolution.*

Tant pis! je signe aussi.
(Elle signe.)

JOSSE.

Enfin !...

PHILÉAS *et* BEDOUT.

Tout est perdu !

JOSSE.

Je ne me sens pas d'aise.

LE CLERC.

Grand bien vous fasse. Adieu, messieurs.
(A Marton.)

Adieu, mauvaise.
(Il l'embrasse et sort en courant.)

SCÈNE   XVII

JOSSE, PHILÉAS, BEDOUT, OCTAVE, DORIMÈNE,
MARTON, ISABELLE.

JOSSE, *furieux, courant après le Clerc.*

Encore!

MARTON.

Nous avons la cassette. Ouvrons-la !...
> *(Elle fait sauter le couvercle et retire une carte de*
> *géographie qu'elle déploie.)*

Une carte !

TOUS.

En effet !

MARTON.

Avec un signe... là !
> *(Un grand silence. Josse décachète le pli qui accompagne*
> *la carte.)*

JOSSE, *lisant.*

« A l'époux de Marton, pour tenir mes promesses,

» J'indique ici l'endroit qui garde mes richesses;
» C'est un endroit très-sûr, à l'abri des voleurs,
» Et fait pour conserver les plus fortes valeurs. »
     (*Parlé.*)
Je respire.

MARTON.
D'effroi j'avais l'âme saisie.

JOSSE, *continuant.*

« J'eusse aimé mieux pourtant, suivant ma fantaisie,
» Garder tout avec moi, mais c'était un tourment
» Dont le ciel m'a voulu sauver probablement ;
» Car il nous envoya près des côtes de France
» Un ouragan funeste à la pauvre *Espérance,*
» Laquelle secouée, ainsi qu'un chalumeau,
» S'empressa de jeter sa cargaison à l'eau,
» Et je vis l'Océan, d'une façon très-leste,
» Recueillir tendrement mes lingots et le reste :
» C'est lui, cher héritier, qui te garde ton bien,
» Et je te suis garant qu'il n'en a distrait rien. »
     (*Parlé, suffoquant.*)
J'étouffe.

DORIMÈNE, *vivement.*
Un verre d'eau.

JOSSE, *criant.*
Jamais! Quelle ironie!
De l'eau pour un noyé!

MARTON, *désespérée.*
Je suis à l'agonie.

BEDOUT, *reprenant le papier qu'a laissé tomber Josse.*
Lisant :
« Tu trouveras ici sur la carte, indiqué,
» Le chemin bien exact et le point est marqué.
» O toi qui pris Marton, tu montras du courage,
» Va lui chercher sa dot, achève ton ouvrage. »

JOSSE.
Bandit!

PHILÉAS, *accablé.*
Il n'avait rien !

BEDOUT, *de même.*
Quel affreux guet-apens!

JOSSE.
Mais cet homme était donc le roi des chenapans?

ISABELLE.
Ah! de grâce, messieurs...

BEDOUT, *à Philéas.*
Non, c'est trop de tristesse
De trouver chez les gens tant d'indélicatesse!

PHILÉAS, *à Bedout.*

Aimez donc vos parents d'un amour éprouvé!
Je l'engraissais, monsieur, comme un oiseau privé,
Il était devenu plus rond qu'une pelote.

BEDOUT.

Trente fois, pour le moins, j'ai changé sa culotte,
Sa veste, son habit, et j'allais tout râpé
Quand il se pavanait superbement drapé.

MARTON, *désolée.*

Et me laisser un Josse, après tous mes services!...

JOSSE, *de même.*

Une Marton!... pour prix de tant de bons offices!...

DORIMÈNE.

Mais vous l'avez choisie, et chacun en fait foi.

JOSSE.

Vous excusez Géronte et le défendez?

DORIMÈNE, *avec éclat.*

Moi!
Je l'adore à présent. Et pour preuve, Isabelle,
Embrassez votre mère...

ISABELLE.

Ah! madame!...

DORIMÈNE, *à Josse.*

La belle
A ses vingt mille francs qui sont en votre main,
Et que j'irai chercher, s'il vous plaît, dès demain.

JOSSE.

Ouf!

MARTON.

Ouf!

JOSSE.

Marton!

MARTON.

Monsieur?...

JOSSE.

Que le diable t'emporte!

MARTON.

Je faisais un souhait, monsieur, de même sorte.

OCTAVE.

Fi donc! vous en seriez tous les deux aux regrets,
On dit de ces mots-là qu'on se reproche après.

PHILÉAS, *à Josse.*

Et ce matin, d'ailleurs, vous la trouviez gentille!

BEDOUT.

Vous l'avez dit vous-même, un vrai trésor de fille.

JOSSE, *furieux.*

N'allez-vous point vous taire et me laisser en paix?
Un trésor... mais qui donc le veut prendre au rabais?

MARTON, *suffoquant de colère.*

Au rabais!... Ah! vieux drôle!... Eh bien, moi, je te garde,
Entends-tu bien?... Je suis ta femme! et par mégarde
S'il t'arrive, mon cher, de ne pas marcher droit,
Je te ferai rentrer dans le chemin étroit.
Je te tiens dans ma main, plus forte qu'on ne pense,
Et ton mépris si fier aura sa récompense.
Va, tu seras gentil et tu feras le beau,
Ou comme une sangsue, accrochée à ta peau,
Acharnée après toi, sans trêve et sans relâche,
Je te ferai souffler et gémir à la tâche;
Je te rendrai docile et doux comme un mouton;
Sinon tu sentiras les griffes de Marton.

JOSSE, *reculant effrayé.*

Eh! n'égratignons pas!... Quel démon la possède?

TOUS, *riant.*

Il a peur!

MARTON, *triomphante.*

Tu vois bien qu'il faut que l'on me cède!

JOSSE, *à part.*

Que je l'étranglerais!

MARTON.

Allons! ça, gentiment,
Faisons la paix. Un mot, un tendre compliment,
Je pardonne.

JOSSE, *à part.*

Ah! gredine! effroyable mégère!

MARTON.

Plaît-il?...

JOSSE, *vivement.*

Rien!

MARTON.

Votre bras, mon agneau.

JOSSE, *dompté par son regard.*

Ma bergère!

FIN.

Paris.—Typ. Morris et Comp., rue Amelot, 64.

www.ingramcontent.com/pod-product-compliance
Ingram Content Group UK Ltd.
Pitfield, Milton Keynes, MK11 3LW, UK
UKHW022222070726
13613UKWH00004B/1829